孙子兵法

——第二十六册

上海人民美术出版社
浙江人民美术出版社

目　录

原文

孙子曰：凡用兵之法，将受命于君，合军聚众，圮地无舍，衢地合交，绝地无留，围地则谋，死地则战。途有所不由，军有所不击，城有所不攻，地有所不争，君命有所不受。故将通于九变之利者，知用兵矣。将不通于九变之利者，虽知地形，不能得地之利矣。治兵不知九变之术，虽知五利，不能得人之用矣。

是故智者之虑，必杂于利害。杂于利，而务可信也；杂于害，而患可解也。

是故屈诸侯者以害，役诸侯者以业，趋诸侯者以利。

故用兵之法：无恃其不来，恃吾有以待也；无恃其不攻，恃吾有所不可攻也。

故将有五危：必死，可杀也；必生，可虏也；忿速，可侮也；廉洁，可辱也；爱民，可烦也。凡此五者，将之过也，用兵之灾也。覆军杀将，必以五危，不可不察也。

孙子说：大凡用兵的法则，主将接受国君的命令，组织军队，聚集军需，出征时在"圮地"不可宿营，在"衢地"应结交邻国，在"绝地"不可停留，在"围地"要巧设计谋，陷入"死地"就要坚决奋战。有的道路不要走，有的敌军不要打，有的城邑不要攻，有的地方不要争，有的国君命令不要执行。所以，将帅能够精通以上各种机变的运用，就是懂得用兵了。将帅不精通以上各种机变的运用，虽然了解地形，也不能得到地利。指挥军队不知道各种机变的方法，虽然知道"五利"，也不能充分发挥军队的作用。

聪明的将帅思考问题，必须兼顾到利害两个方面。在不利情况下要看到有利条件，大事才可顺利进行；在顺利情况下要看到不利的因素，祸患才可预先排除。

要使各国诸侯屈服，就用它最厌恶的事去伤害它；要使各国诸侯忙于应付，就用它不得不做的事去驱使它；要使各国诸侯被动奔走，就用小利去引诱它。

用兵的法则是，不要寄希望于敌人不会来，而是依靠自己做好了充分准备；不要寄希望于敌人不进攻，而是依靠自己拥有使敌人无法进攻的力量。

　　将帅有五种致命的弱点：只知死拼可能被诱杀，贪生怕死可能被俘虏，急躁易怒可能中敌人轻侮的奸计，廉洁好名可能入敌人污辱的圈套，一味"爱民"可能导致烦扰而不得安宁。以上五点，是将帅的过错，也是用兵的灾害。军队覆灭，将帅被杀，都由于这五种危险引起，是不可不充分认识的。

内容提要

《九变篇》中孙子主要论述了在作战过程中，如何根据特殊的情况变化，灵活机动变换战术以赢得战争的胜利。它集中体现了孙子作战指导思想的基本特征。

孙子明确主张将帅应根据五种不同的地理条件实施灵活的指挥，并提出了以"途有所不由"等"五不"措施为内容的作战基本准则。孙子要求将帅们尽可能做到全面辩证地观察问题，见利思害，见害思利，从而趋利避害，防患于未然。

在本篇中，孙子还深刻地阐述了有备无患的备战思想，指出不能寄希望于敌人"不来"、"不攻"，而要立足于自己做好充分准备，拥有强大的实力，震慑住敌人。为了真正贯彻"九变"的灵活作战指导原则，孙子特别重视将吏队伍的建设，因此他语重心长地叮嘱那些身为将帅的人：要克服自己性格上"必死"、"必生"、"忿速"、"廉洁"、"爱民"等五种缺陷，以避免导致"覆军杀将"的悲剧。

战 例 # 马援误择险道致兵败

编文：叶 子

绘画：王家训 阮 美

原　文　途有所不由。

译　文　有的道路不要走。

1. 东汉建武二十三年（公元47年），武陵（郡治在临沅，今湖南常德）的少数民族起兵反汉。武陵一带有五条溪，当时贬称那里的少数民族为"五溪蛮"。

2. 光武帝刘秀命武威将军刘尚率军万人前去镇压。刘尚轻敌冒进，五溪军据险截击，刘尚军全军覆没。

3. 建武二十四年（公元48年）秋七月，五溪军进犯临沅。足智多谋、屡建战功的伏波将军马援向刘秀请缨出征。马援曾经对人说过："男子汉就应当战死疆场，以马革裹尸还葬！"

4. 刘秀见他年事已高，婉言劝阻。马援说："臣还能披甲上马。"刘秀让他试试，马援一跃上马，英武不减当年。

5. 刘秀称赞道："老将军果然勇武。"遂派马援率马武、耿舒等将及
四万人马远征武陵。

6. 建武二十五年（公元49年）三月，马援兵至武陵临乡，正遇五溪兵进攻县城。马援率兵迎战，首战告捷，斩获二千余人，其余逃入山林。

7. 马援军继续前行，到达下隽（今湖南沅陵东北）。前面有两条道路可通五溪。

8. 一条经充县（今湖南桑植）前往五溪，道路比较平坦，但要绕远道，运输耗时费力；另一条路逆沅江而上，经壶头山（今湖南沅陵东北）直插五溪，路近，但山高水险。

9. 马援召集军事会议。诸将意见不一：耿舒竭力主张绕道充县，也有的
主张直插壶头山，速战速决。

10. 马援认为旷日费粮，不如趋壶头山捷径，扼其咽喉，必能破敌。他的方案上报光武帝后，得到批准。

11. 马援遂率军溯沅水而上。水流越来越湍急，军士篙撑纤拉，行进十分艰难。

14

12. 马援率军到壶头山，五溪军截断水道，据守高处要隘，大军被阻于进退不得的险地。

13. 汉军在山林中被困，天气渐渐炎热，许多士兵中暑生病而死，伏波将军马援也患了重病。

14. 为了躲避暑热，马援下令在两岸凿石为窟，使将士得以暂避。

15. 五溪兵每次鼓噪进攻，马援都拖着颤抖的双腿到前线察看。部下都被这悲壮之举所感动，无不暗暗落泪。

16. 耿舒认为自己得了理，就给朝中的哥哥耿弇（当时官封好畤侯）写信，报告进军受阻的情况，并将责任全部推给马援。

17. 耿弇上奏光武帝刘秀，光武帝乃命虎贲中郎将梁松赶往前线，责问马援。马援又急又气，病情加剧，死于军营。

18. 梁松与马援向来有隙，向皇帝添油加醋地报告马援的失策。刘秀听信谗言，追还马援新息侯的印绶。一代名将误择险道，竟遭到如此不幸的下场。

岑彭长驱入蜀击公孙

编文：江　涓

绘画：戴红杰　戴红倩　戴橙丁

原　文　军有所不击。

译　文　有的敌军不要打。

1. 东汉建武十一年（公元35年）春，光武帝刘秀命大司马吴汉率领诛虏将军刘隆、辅威将军臧宫、骁骑将军刘歆，与征南大将军岑彭会师荆门（今湖北宜都荆门山、虎牙山之间），调集水兵六万人，骑兵五千，准备伐蜀。

2. 岑彭派偏将军鲁奇率战船沿长江逆流而上，为主力军开通航路。

3. 蜀主公孙述曾派部将田戎、任满、程汛等率军数万，占据长江天险荆门、虎牙两山，并在江上筑浮桥、望楼，阻止汉军沿江西进。汉将鲁奇乘当时东风狂急，率船直冲浮桥，因风纵火，将浮桥和望楼全部烧毁。

4. 岑彭立即率主力船队顺风而进。蜀军顿时大乱，溺死被歼数千人。

5. 蜀将任满战死，程汛被俘，田戎放弃三峡，撤军退保江州（今四川重庆）。

6. 岑彭命令汉军沿长江水陆并进。他自己率领臧宫、刘歆二将和水军主力，逆流而追，穿过三峡，长驱入江关（今四川奉节）。岑彭军纪严明，当地百姓举牛肉米酒相迎。

7. 不久，岑彭水军追到江州。因江州城池险固、城内粮食充足，一时难以攻取，岑彭与众将商议决定不攻江州，派将军冯骏留驻江州监视田戎，自己率大军绕道而进。

8. 岑彭率主力直指垫江（今四川合川），攻破平曲（在今合川西北涪江弯曲处），获得粮食数十万石。

9. 公孙述十分恐慌，急派大将吕鲔、王元、公孙恢、延岑率重兵集结于广汉（今四川射洪南）、资中（今四川资阳）地区，准备迎击汉军。

10. 接着，公孙述又派将军侯丹率二万士兵防守黄石（今四川江津、壁山间），与江州田戎守军形成犄角，防止汉军沿江水深入成都。

11. 岑彭针对蜀军布防情况，召集部将商议。岑彭谈了"军有所不击"的意图，准备像前次对江州那样，不攻广汉、资中，只留臧宫率部分兵力牵制广汉地区延岑的主力，自己率大军折回江州……部将一致同意。

12. 于是岑彭率主力回江州，溯江水西上袭击黄石，击败侯丹守军。

13. 紧接着，岑彭率汉军日夜兼程二千余里，深入岷江中游，占领武阳
（今四川彭山东）。

14. 岑彭攻占武阳后，对武阳百姓秋毫无犯，深得民心。岑彭遂派轻骑袭击距成都仅数十里的广都（今四川成都南），出敌不意，亲率大军迂回到蜀军主力的背后。

15. 公孙述原以为汉军在平曲，故集重兵于广汉、资中。岑彭这一出其不意的行动，使公孙述惊慌失措，用手杖击地叹道："是什么神人啊！"

16. 驻守在广汉的延岑军突然发现汉军在背后袭击,十分震恐。这时,臧宫率领的汉军乘机进攻蜀军,用步骑沿涪江两岸牵引船只,昼夜前进。

17. 蜀将延岑担心退路被汉军切断，进退两难。臧宫挥军乘势进击，大破蜀军，消灭万余人。延岑仓皇逃回成都，他所属的蜀军相继投降。

18. 臧宫乘胜攻破涪城（今四川绵阳）、下绵竹（今四川绵竹东南），
杀蜀将公孙恢，直趋成都。至此，汉军已左右夹击成都，成都岌岌可
危。

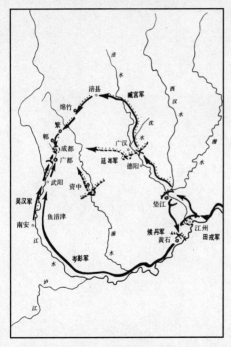

刘秀灭蜀之战示意图

孙 子 兵 法
SUN ZI BING FA

战 例

李渊不攻河东入关中

编文：即 子

绘画：镇 中 成 忆

原 文　城有所不攻。

译 文　有的城邑不要攻。

1. 隋大业十三年（公元617年）五月，陇西大贵族唐国公李渊在太原（今山西太原东南）起兵。李渊集团定下"乘虚入关、号令天下"的策略，率三万军马南下。

2. 八月，击杀据城阻截的隋将宋老生，占领霍邑（今山西霍县），乘胜连克数郡后，准备继续南下，进攻战略要地河东（郡治在今山西永济西）。

3. 李渊派部切断河东守军退路，指挥主力攻城。河东城垣坚固，隋名将
屈突通率数万精兵固守。唐军数次强攻不克，伤亡很大。

4. 这时，恰逢连日阴雨，不时暴雨如注，攻城更为艰难。渡河西进的道路被阻；军队久驻，军粮不足，李渊焦躁不安。

5. 是继续强攻河东，还是绕道西取长安，李渊犹豫不决。于是，他召集
众将商议对策。

image 1

6. 谋士裴寂说："屈突通拥有不少兵力，又占据坚城，如果舍之而去，万一攻不下长安，就会腹背受敌，较为危险。不如先攻河东，屈突通一败，长安就不难攻破了。"众将点头赞同。

7. 李渊次子右军都督李世民蓦然起身道："裴公错了，兵贵神速，应该速取长安，使敌措手不及。如果我军滞留于坚城之下，长安就有充裕的时间准备，一旦众心离散，大事难成。"

8. 李世民又接着说："况且关中豪杰都已纷纷起兵抗隋，应尽早前去招抚。至于屈突通，不过在那儿等待被虏罢了，不足为虑。"

9. 李渊思索了一会说："两说均有可取之处，我意分兵二路，偏师继续围攻河东，主力军西取长安。"

10. 九月十二日，李渊亲率主力从龙门（今山西河津）渡过黄河，进入关中。关中隋朝官吏纷纷献地归附。

11. 十八日，李渊命长子左路军都督李建成率兵数万，进驻已降的永丰仓（今陕西华阴东北渭河口），开仓放粮。附近义军和饥民接踵来投。

12. 李渊又命李世民军沿渭河北岸西进，迂回进击长安。自领一部，屯
兵朝邑（今陕西大荔东），指挥作战。

13. 屈突通见李渊军绕道西行，留下部将守河东，自己领兵援救长安。刚渡过黄河，就遭到李渊部将刘文静的堵截。

14. 屈突通想与潼关守将合兵，赶到潼关，潼关南城已被李渊部将王长谐袭取，无法通过。屈突通陷于进退不得的境地。

15. 李世民部一路会合李渊亲族部众，收编隋军和诱降小支农民义军，实力发展很快，兵抵阿城（今陕西西安西）时，已有十三万众。

16. 李渊见屈突通军被阻，不能西援，攻取长安时机已经成熟，于是命令李建成进兵灞上（今陕西西安东），李世民进屯长安故城，合围长安。

17. 这时，唐军总兵力已达二十余万。十月二十七日，李渊下令各军攻城。双方兵力悬殊，未经激战，唐军就攻占了长安。

62

18. 屈突通见长安已失，被迫向唐军投降。李渊父子起兵不到半年，就攻下隋都长安，占据了关中和河东广大地区，实现了打江山的第一步，其中不攻河东，迅速入关是重要一着。

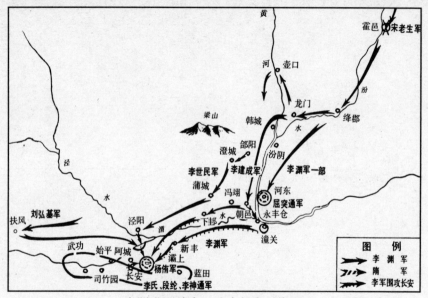

李渊进军关中、攻克长安示意图

孙 子 兵 法

SUN ZI BING FA

战例 **夫差强争中原险遭亡**

编文: 万莹华

绘画: 翁家澎 李 淳 赵小梓

原 文 　地有所不争。

译 文 　有的地方不要争。

1. 吴王夫差自从征服越国后，领土迅速扩展，势力日益强盛。他因此骄奢淫逸，穷兵黩武，一心要称霸中原。

2. 周敬王三十一年（公元前489年），夫差进攻陈国，次年攻鲁，慑服了附近的小国，为北进中原扫清道路。

3. 同时，夫差征调大批民工构筑邗（hán）城（今江苏扬州西蜀冈上），开凿邗沟，沟通江淮，以利军运。

4. 周敬王三十六年（公元前484年），夫差闻齐景公死，决定集合大军，北上大举伐齐。

5. 大夫伍子胥劝谏说："不可，越王勾践并没有心服，此人不死，必成大患。如以疾病作比喻，越对吴来说是心腹之患，而齐国不过是疥癣之类的小病罢了，愿大王先攻越国。"

72

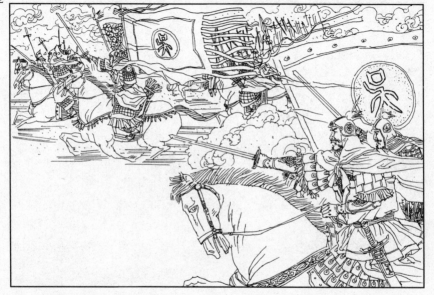

6. 夫差不听劝告，选择吉日出兵北上，联合鲁军，在艾陵（今山东莱芜东北）大败齐军。

7. 夫差打了胜仗回国后，更加骄横轻敌，认为只要最后压服晋国，在中原称霸，非他莫属。

8. 伍子胥再次劝谏说："打败齐国，不过是个很小的喜讯，臣担忧大祸就会到来了。"夫差正在兴头上，一听伍子胥的话十分扫兴，盛怒之下，命他自杀。

9. 伍子胥抽出宝剑后，抬头向天说："请挖出我的双眼放置于东门，我可以看着越国军来消灭吴国。"说罢自杀。

10. 接着，吴王又征调数十万民工，继邗沟开通后构筑黄沟（东自江苏沛县，西至济水），以利吴国军事运输，自长江直通黄河。

11. 周敬王三十八年（公元前482年）七月，吴王夫差约晋定公和各国诸侯到黄池（今河南封丘西南）会盟，与晋争盟主之位。

12. 太子友劝谏说："境内的将士全部远离国土，暴师于千里之外，耗费极大。若越国出兵来攻，屠我都城，灭我吴宫，就很危险了。"但夫差轻视越国，不听劝告。

13. 夫差命太子友、王子地、王孙弥庸、寿余姚等人率一万老弱士卒留守姑苏，自己率精兵三万去黄池赴会。

14. 越王勾践表面对吴王恭敬温顺，奉命唯谨，私下一直准备反攻复仇。这年春，得悉吴王已率精兵远去黄池，遂与大夫范蠡计议袭吴战略。

15. 至六月十二日，估计吴军已抵黄池，勾践调集四万九千越军，分兵
两路袭吴。

16. 范蠡、后庸率领一路军，由水路入淮河，切断吴军自黄池回国的归路。

17. 另一路由大夫畴无余、讴阳为先锋，勾践自率主力后继，从陆路北上直袭姑苏。

18. 吴太子友率兵至泓上（今江苏苏州近郊）阻止越兵进攻。这些年老体弱的吴兵哪能敌得住训练有素的越军，被打得大败，太子友被俘。

19. 第二天，越军乘胜进入吴国的国都姑苏（今江苏苏州），缴获了大
批物资，取得了这次战争的胜利。

20. 夫差在黄池正与晋定公争做霸主，听说越兵袭破姑苏，太子被俘，焚烧了姑苏台……大惊失色。

21. 夫差生怕影响实现称霸中原的美梦，听信大夫伯嚭的话，一连杀死七个从姑苏来报告情况的人，以掩盖姑苏的险情。

22. 夫差以武力胁迫晋国让步，勉强当上盟主，遂连夜回师姑苏。

23. 途中，夫差频频获悉急报，军士都知道家园被袭，心惊胆碎，又由于远行疲敝，均无斗志。

24. 将近姑苏时，遇到越国范蠡的军队，夫差队伍与之交战，不经一击，大败。

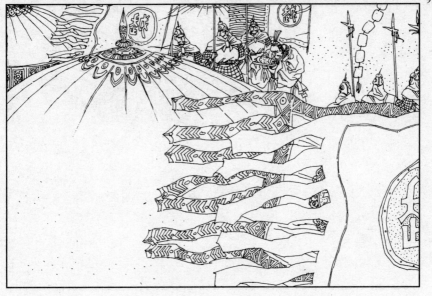

25. 夫差考虑到立即反击越军毫无胜利的把握，就派伯嚭向越求和。

26. 勾践与范蠡等大夫商议，认为目前也缺乏足够的实力消灭吴国，就允许和议，撤兵回国。

岳飞君命不受进中原

编文：郭忠呈

绘画：傅伯星

原　文　君命有所不受。

译　文　有的国君命令不要执行。

1. 公元十二世纪初，崛起于我国东北的女真族建立了金政权。它先后灭亡了辽和北宋，接着又不断南下侵扰，与南宋进行了长期的战争。

2. 金兵的残暴，迫使黄河两岸、江淮地区和长江以南广大民众建立义军
进行抗击。义军少者数万，多者数十万，形成了人民抗金的高潮。

3. 但是，南宋王朝却对金采取妥协求和的政策，把主要兵力用来镇压江南农民起义军。

4. 绍兴三年（公元1133年），宋高宗赵构命江西沿江制置使岳飞负责江陵（今湖北江陵）至江州地段的防务。岳飞所部二万余人，军纪严明，训练有素。于第二年夏季，仅以两个月的时间就收复军事要地襄阳等地。

5. 岳飞上疏高宗，主张以襄阳为基地，连结河朔义军，直捣中原，收复故土。宋高宗只求偏安江南，只同意岳飞在襄阳等地"营田"，授以湖北路、荆襄制置使，移屯鄂州（今湖北武昌），作为江西和浙江的屏障。

6. 绍兴十年（公元1140年）五月，金主以兀术（宗弼）为都元帅，分四路进攻南宋：聂儿孛堇攻山东，右副元帅完颜杲攻陕西，骠骑大将军李成攻洛阳，兀术亲率主力十余万攻开封。南宋东京留守孟庾出降，开封陷入金人之手。

7. 金军进攻初期，气势汹汹，但不久即遭到南宋军民的顽强抵抗，其中以刘锜在顺昌（今安徽阜阳）的保卫战最为出色。刘锜率领的宋军不满二万，重创金兵十万。兀术被迫撤离顺昌，退守开封。

8. 在宋军各路节节胜利的情况下，岳飞决定配合友军，联合义军，以襄阳为基地，乘胜收复中原。

9. 赵构一贯畏战，竟在宋军胜利的形势下，做出"兵不可轻动，宜班师"的荒谬决定，命司农少卿李若虚赶抵德安府（治所在今湖北安陆），阻止岳飞进军。

10. 李若虚向岳飞传达了赵构的决定，岳飞认为收复中原已指日可待，不宜班师。李若虚在察看了前线形势后对岳飞说："既然事已如此，确实不宜撤军。违抗君命之罪，由我承当。"于是，岳飞不受君命，进军中原。

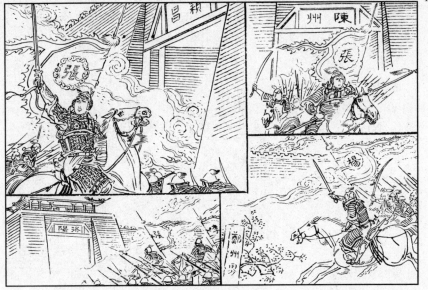

11. 闰六月二十日，岳飞军张宪等部收复颍昌（今河南许昌），二十四日收复陈州（今河南淮阳）。二十五日，杨成部收复郑州。七月二日，张应、李清部收复西京洛阳。

12. 岳飞所部连战皆捷，收复了洛阳至陈、蔡间许多战略要地，形成东西并进、钳击开封金军主力之势。不久，岳飞集结主力于颍昌，自率轻骑驻守郾城（今河南郾城），兵势甚锐。

13. 岳飞挺进中原，使驻扎在开封的兀术惊惶失措。他急忙召集诸将，商议对策。兀术认为，南宋诸路军，独岳飞军将勇兵精，其锋不可当，决定诱岳飞军孤军突进，然后集中主力，"并力一战"。

14. 七月初八，兀术率龙虎大王突合速、盖天大王完颜宗贤、昭武大将军韩常等军直逼郾城，以"拐子马"一万五千分布两翼，列阵进攻。

15. 岳飞以步兵对付金军精骑，他教士兵手持刀斧，冲入敌阵，专砍马足。拐子马三马相连，一马仆地，其他二马就不能行动。

16. 岳云、杨再兴等将率骑兵闯进敌阵，杀死敌军数百人；岳飞亲率主力英勇奋击。两军从午后鏖战至黄昏，岳飞终于给兀术的精锐亲兵和拐子马以沉重的打击。

17. 兀术眼看精锐被歼，痛哭着说："自起兵以来，都靠这些战马取胜，如今完了！"于是下令增兵郾城北五里店，准备再战。

18. 在郾城的战场上，黄尘蔽天。岳飞亲自出战，猛冲敌阵。将士们见主帅身先士卒，个个奋勇争先，一场激战，再次大败金兵。

19. 兀术岂肯善罢甘休，又集中十二万兵力于临颍。七月十三日，杨再兴等率领骑兵数百，与金军在小商桥遭遇。杨再兴率军奋勇作战，歼金军二千余人，自己亦战死沙场。

20. 宋将张宪率援军赶到，再战金军，击败敌兵八千余人，兀术夜遁。

21. 岳飞估计兀术虽然屡战失利，必回军攻颍昌，便令岳云急速率骑兵增援驻守颍昌的王贵。

22. 七月十四日，兀术果然率步骑十余万进攻颍昌。金军"横亘十余里"，声势颇壮。从早晨至中午，双方在城西展开激战。王贵与岳云率军奋勇向前，誓死杀敌。

23. 岳云手执一对铁锤，率领骑兵八百，冲锋在前，两翼步兵继进。一场大战，杀死金统军上将夏金吾（兀术的女婿），俘获千户等官兵二千余人，战马三千余匹。兀术败退开封。

24. 岳飞率军乘胜追击，直至朱仙镇（今河南开封西南）。兀术集结十万兵马与宋军对垒。

25. 岳飞率主力攻击金军正面，同时派兵向黄河渡口进逼，侧击金兵。
兀术抵挡不住宋军的两面夹攻，率残部撤回开封。

26. 金军士气沮丧,发出"撼山易,撼岳家军难"的慨叹。统帅兀术决定尽弃辎重,渡河北撤。岳飞正打算北渡黄河,继续反攻,直捣黄龙府(治所在今吉林农安)的时候,南宋朝廷强令岳飞班师的"金字牌"到达前线了。

宋军按图布阵失斗志

编文：即　子

绘画：盛元龙　励　钊

原　文　治兵不知九变之术，虽知五利，不能得人之用矣。

译　文　指挥军队不知道各种机变的方法，虽然知道"五利"，也不能充分发挥军队的作用。

1. 北宋初年，宋朝皇帝为了防范将领拥兵自重，每到用兵作战时，才临时指定官员担任都指挥使、都招讨使等职，带兵出战。

2. 将军出征前，皇帝亲授阵图约束将帅，要求战士按照规定的阵图作战。无论战场情况如何，一概按照阵图打仗，即使失败，责任不大；反之，处分极严。

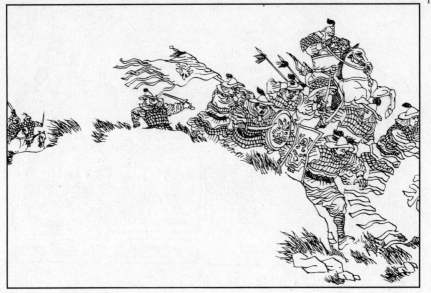

3. 这样，宋军兵马虽多，武器优良，但是由于死守"阵法"，在对辽战争中屡遭失败。因而，每逢出战，士兵疑惧不安，军无斗志。

4. 宋太平兴国四年（公元979年）九月，辽国燕王韩匡嗣与耶律沙、耶律休格又率兵南犯。宋太宗赵光义令云州观察使刘廷翰率兵御敌，令崔翰、崔彦进、李汉琼等将领兵参战。

5. 临行前，赵光义依例赐给阵图，令他们遵照阵图作战，务求必胜。众将谨遵圣谕，整军出战。

6. 宋军进至满城（今河北满城）时，辽兵蜂拥而来。右龙武将军赵延进急忙登上高地观察敌情，只见辽兵从东西两面驰来，烟尘滚滚，不见边际。

7. 崔翰等将忙着按图布阵，将大军分成八阵，每阵之间相距百步，分散配置。士众既怀疑又恐惧：兵力如此分散，怎么能抵御辽军骑兵的冲击呢？

8. 赵延进决心按实际情况布阵，就对崔翰说："圣上令我等领兵御敌，为的是克敌取胜。如今敌骑众多，而我军星散布阵，如敌骑乘虚冲击，我们怎么能保全呢？

9. "现在形势紧急,只有合兵迎战,才能取胜。这样虽然有不按阵图行事之罪,但只要能克敌制胜,总比丧师辱国要好。"崔翰等将忧心忡忡地说:"万一不能取胜,将如何是好?"

10. 这时，辽国大军已近，已不容再迟疑，赵延进当机立断，说："倘若失败，由我独当罪责。"

11. 崔翰总怕担当不起擅改诏旨的罪名，犹豫不决。镇州监军李继隆这时也说："兵贵适变，怎能预定！违诏的罪过，继隆愿意独当。"

12. 崔翰这时才下了决心，于是传令将"八阵"改为"二阵"，前后呼
应，迎战辽兵。

13. 同时，先派人诈称投降。辽国的韩匡嗣深信不疑。耶律休格说："宋军兵众军整，必不肯屈降，这是诱骗我军，应严加防备。"韩匡嗣一向轻视宋军，笑而不听。

14. 没过多久，一阵鼓响，宋军突然杀出，喊声震天，尘土蔽日。辽兵猝不及防，很快被打得大败。

15. 辽兵残部向西山溃逃。宋军乘胜追击,许多辽兵坠入坑谷而死。这一战,宋军斩首万级,获马千余匹,生擒辽将三人,缴获兵器不计其数。

16. 捷报传到京师，赵光义没有追究赵延进不按阵图作战的过错，还奖励了他的军功，封他为右监门卫大将军。

17. 但是，在以后的对辽战争中，赵光义仍是战前授阵图，定策略，主
将不得有违，以至败多胜少，边地形势十分严峻。

18. 宋端拱三年（公元989年）正月，赵光义诏令文武大臣各陈备边之策。知制诰田锡直言上奏："战前不必赐以阵图，不需授之方略，让将帅因机设变，根据敌情制定适宜的阵法，这样就没有不成功的了。"赵光义深思不语。

李怀光见利忘害败魏州

编文：良 军

绘画：陈运星 唐淑芳
　　　唐冬华 丹 青

原　文　智者之虑，必杂于利害。杂于利，而务可信也；杂于害，而患可解也。

译　文　聪明的将帅思考问题，必须兼顾到利害两个方面。在不利情况下要看到有利条件，大事才可顺利进行；在顺利情况下要看到不利的因素，祸患才可预先排除。

1. 唐建中二年（公元781年），成德李惟岳、淄青李正己、魏博田悦与山南东道梁崇义四镇节度使联兵叛唐，形成“四镇之乱”。唐德宗李适下令调集兵马平叛。

2. 公元781年和782年，唐河东（今山西永济蒲州一带）节度使马燧、昭义（今山西长治一带）节度使李抱真、神策先锋李晟两次大破田悦军。田悦收拾残兵，逃回魏州（魏博的治所），守城自保。马燧兵围魏州，但久攻不克。

3. 朝廷在派马燧等军进击田悦的同时，命幽州节度使朱滔攻成德李惟岳军，李惟岳大败，逃回恒州（今河北正定）。部将王武俊杀李惟岳，投降朝廷。

146

4. 山南东道梁崇义、淄青李纳（时李正己已死，其子李纳统领军务）也
都被朝廷派兵战败。梁崇义投水而死，李纳上书朝廷，请求悔过自新。
整个平叛战局对朝廷很有利。

5. 官军一时取胜，进剿有功的节度使都争封地。王武俊和朱滔认为朝廷分封不均，心怀不满。被困在魏州的田悦得知后，遣使前往离间。

6. 朱滔、王武俊素有异志，三方一拍即合，于是三镇联合叛唐。

7. 公元782年初夏，朱滔、王武俊率军救援魏州田悦。朱、王两支兵马抵达魏州时，魏人欢声雷动，田悦备酒肉出迎。

8. 第二天，朝廷派来增援马燧的朔方（今宁夏灵武一带）节度使李怀光，率步骑一万五千也赶到魏州城外。马燧领将士列队欢迎。

9. 朱滔见李怀光率军来支援马燧，立即出阵。李怀光有勇无谋，想乘朱滔、王武俊二军营垒未立就挥师出击。马燧建议说，先让将士休息一下，待敌情观察清楚后再战。

10. 李怀光刚愎自用，对马燧说："等对方立成营垒，后患无穷，不可错过现在的大好时机。"于是挥军出战。

11. 两军接战，李怀光军勇猛冲杀，斩杀叛军步卒千余人，朱滔引兵败退。

12. 李怀光骑在马上观望，骄矜自得，任凭士卒们窜入朱滔军营争掠财物。

13. 这时，王武俊率两千骑兵突然横冲过来，把李怀光军一截为二。

14. 朱滔亦引兵反击。李怀光军大败，被逼入永济渠（今卫河）溺死，以及互相挤踏而亡者不可胜数，尸积永济渠，渠水为之断流。

15. 马燧欲出兵相救已不及，急忙命令本军严密守住营垒，才免于与李怀光军同时溃败。

16. 当晚，叛军又放水截断官军粮道和退路。第二天，道中水深三尺，
官军被困。

17. 马燧大惊，被迫派人向朱滔等婉言求和，保证遣还诸节度使军队，并向唐皇保奏，让朱滔统辖整个河北。

160

18. 官军撤兵后，十一月，朱滔、王武俊、田悦宣誓结盟，推朱滔为盟主称冀王，田悦称魏王，王武俊称赵王，李纳称齐王。唐廷这次平叛遂彻底失败。